기획의 말

그리운 마음일 때 'I Miss You'라고 하는 것은 '내게서 당신이 빠져 있기(miss) 때문에 나는 충분한 존재가 될 수 없다'는 뜻이라는 게 소설가 쓰시마 유코의 아름다운 해석이다. 현재의 세계에는 틀림없이 결여가 있어서 우리는 언제나 무언가를 그리워한다. 한때 우리를 벅차게 했으나 이제는 읽을 수 없게 된 옛날의 시집을 되살리는 작업 또한 그 그리움의 일이다. 어떤 시집이 빠져 있는 한, 우리의 시는 충분해질 수 없다.

더 나아가 옛 시집을 복간하는 일은 한국 시문학사의 역동성이 드러나는 장을 여는 일이 될 수도 있다. 하나의 새로운 예술작품이 창조될 때 일어나는 일은 과거에 있었던 모든 예술작품에도 동시에 일어난다는 것이 시인 엘리엇의 오래된 말이다. 과거가 이룩해놓은 질서는 현재의 성취에 영향받아 다시 배치된다는 것이다. 우리는 현재의 빛에 의지해 어떤 과거를 선택할 것인가. 그렇게 시사(詩史)는 되돌아보며 전진한다.

이 일들을 문학동네는 이미 한 적이 있다. 1996년 11월 황동규, 마종기, 강은교의 청년기 시집들을 복간하며 '포에지 2000' 시리즈가 시작됐다. "생이 덧없고 힘겨울 때 이따금 가슴으로 암송했던 시들, 이미 절판되어 오래된 명성으로만 만날 수 있었던 시들, 동시대를 대표하는 시인들의 젊은 날의 아름다운 연가(戀歌)가 여기 되살아납니다." 당시로서는 드물고 귀했던 그 일을 우리는 이제 다시 시작해보려 한다.

기획의 말

그리운 마음일 때 'I Miss You'라고 하는 것은 '내게서 당신이 빠져 있기(miss) 때문에 나는 충분한 존재가 될 수 없다'는 뜻이라는 게 소설가 쓰시마 유코의 아름다운 해석이다. 현재의 세계에는 틀림없이 결여가 있어서 우리는 언제나 무언가를 그리워한다. 한때 우리를 매혹시켰으나 이제는 읽을 수 없게 된 옛날의 시집을 되살리는 작업 또한 그 그리움의 일이다. 어떤 시집이 빠져 있는 한, 우리의 시는 충분해질 수 없다.

더 나아가 옛 시집을 복간하는 일은 한국 시문학사의 역동성이 드러나는 장을 여는 일이 될 수도 있다. 하나의 새로운 예술작품이 창조될 때 일어나는 일은 과거에 있었던 모든 예술작품에도 동시에 일어난다는 것이 시인 엘리엇의 오래된 말이다. 과거가 이룩해놓은 질서는 현재의 성취에 영향받아 다시 배치된다는 것이다. 우리는 현재의 빛에 의지해 어떤 과거를 선택할 것인가. 그렇게 시사(詩史)는 되돌아보며 전진한다.

이 일들을 문학동네는 이미 한 적이 있다. 1996년 11월 황동규, 마종기, 강은교의 첫번째 시집들을 복간하며 '포에지 2000' 시리즈가 시작됐다. "생이 덧없고 허기질 때 이따금 가슴으로 암송했던 시들, 이미 절판되어 오래된 명성으로만 만날 수 있었던 시들, 동시대를 대표하는 시인들의 젊은 날의 아름다운 연가(戀歌)가 여기 되살아납니다." 당시로서는 드물고 귀했던 그 일을 우리는 이제 다시 시작해보려 한다.

피터래빗 저격사건

문학동네포에지 009

유형진 시집

피터래빗
저격사건

시인의 말

나를 낳으시고
나의 몽상과 현실의 기억을 키우시고
나의 피터래빗을 낳을 수 있게 하신 분들

유한의, 이희숙
두 분께 드립니다.

2005년 여름
유형진

개정판 시인의 말

안효진과 안우용에게

썩은 나무와
죽은 개들의 영혼은
어디로 갈까

너무 많은 이들에게 신세를 졌고
너무 많은 마음을 수시로 놓쳤다

나무와 개들의 세계로
한 발짝만 깡총!

2020년 10월
유형진

차례

제2부

제3부

제1부

내가 가장 예뻤을 때* 나는 바나나파이를 먹었다

내가 가장 예뻤을 때 나는 바나나파이를 먹었다
겨울이면 나타나는 별자리 이름의 제과 회사에서 만든 것이었다 질 나쁜 노란색의 누가 코팅 속에는 비누 거품 같이 하얀 마시멜로가 들어 있었다 그 말랑하고 따뜻한 느낌, 달콤하고 옅은 바나나 향이 혀에 자꾸 들러붙었다

내가 가장 예뻤을 때 나는 짝짝이 단화를 신고 다녔다
연탄불에 말려 신던 단화는 아주 미세한 차이로 색이 달랐다 아이보리와 흰색의 저만치 앞에서 보면 짝짝이라고 할 수도 없는 그런 단화 아이보리색의 오른쪽 신발은 유한락스에 며칠이고 담가놓아도 여전히 그런 색이었다

내가 가장 예뻤을 때 나는 우물이 제일 무서웠다
우물에 빠져 죽은 아이의 꿈을 날마다 꾸었다 그 아이는 아버지 없는 아이였고 아이를 낳은 엄마는 절에 들어가 공양 보살이 되었다고 했다 학교에서 돌아오는 길에 그 우물엔 누가 버렸는지 알 수 없는 쓰레기가 가득찼고 눈동자가 망가진 인형의 손이 우물에서 비어져나왔다

내가 가장 예뻤을 때 길가의 망초 꽃은 늘 모가지가 부러져 있었다
학교가 끝나고 집에 가는 길은 멀고도 멀었다 나는 하얀 버짐 핀 얼굴을 하고서 계란프라이 같은 꽃봉오리를 따다가 토끼에게 간식으로 주었다 토끼의 집 위로는 먼

산이 흐릿했고 토끼 눈 같은 해가 지고 있었다

내가 가장 예뻤을 때 봄은 할아버지 같았다

해소천식을 몇십 년 앓고 있는 할아버지의 방에 창호지는 봄만 되면 노랗게 노랗게…… 개나리나 산수유꽃도 그렇게만 보였다 할아버지는 봄만 되면 더욱 노란 가래를 뱉어내었고 할아버지의 타구(唾具)를 비울 때는 자꾸 졸음이 쏟아졌다

내가 가장 예뻤을 때 사월 하늘의 뿌연 바람은 아라비아의 왕이 보내는 줄로만 알았다

모든 사막은 아라비아에서 시작해서 내가 사는 마을로 왔다 언젠간 나도 모래 구덩이의 낙타처럼 죽을지 모른다는 생각에 밤새도록 리코더를 불고 싶었다

내가 가장 예뻤을 때 나는 어두운 방의 하얀 테두리를 좋아하였다

문을 닫으면 깜깜한 방의 문틈으로 들어오는 빛의 테두리, 창이 없는 그 방은 구판장집을 지나 마즘재 너머 큰집의 건넌방이었는데 늘 비어 있었다 할머니의 오래된 옷장과 검은 바탕에 야자수가 수놓아진 액자와 인켈 오디오가 있는 방이었다 그 방에서 나는 라일락이 피던 중간고사 때 양희은의 〈작은 연못〉과 들국화의 〈행진〉을 처음으로 들었다

내가 가장 예뻤을 때 안개꽃은 너무나 슬퍼서 쳐다보지도 않았다

서늘한 피부의 여인이 그 꽃을 들고 가는 것을 보았는데 무덤가의 이슬 같고 청상과부의 한숨 같아서 보기만 해도 가슴에 안개가 피어났다 그즈음 주말의 명화에서는 클린트 이스트우드가 나오는 〈황야의 무법자〉를 했고 늦게 일어난 일요일 아침, 하얀 요에 묻은 초경의 피를 보았다

내가 가장 예뻤을 때 나는 별자리 이름의 바나나파이를 먹었는데

이제 바나나파이 같은 건 어디서도 팔지 않고 검게 변한 바나나는 할인 매장에 쌓여만 간다

나는 이제 노을 색 눈을 가진 토끼는 키우지도 않고 혼자 오는 저녁 길은 아직도 쓸쓸하다

여전히 사월엔 노란 바람이 불어오지만 아라비아 왕 같은 건 시뮬레이션 게임에나 나오는 캐릭터가 된 지 오래다

그리고 이제 죽음 같은 건 리코더 연주로도 어쩔 수 없는 것임을 알게 된 것이다

* 내가 가장 예뻤을 때: 이바라기 노리코의 시, 신이현의 소설.

저기, 달리아 꽃을 머리에 인 소녀들이

저기, 달리아 꽃을 머리에 인 소녀들이 간다 머리에 인 꽃이 떨어질세라 한 손으로 꽃을 잡고 걸어간다 소녀들은 땀내 나는 민소매 셔츠를 입고 있다 야트막한 언덕 같은 젖꼭지가 솟기 시작한 소녀들의 가슴팍에 얼룩얼룩 꽃물이 져 있다 소녀들은 꽃물이 진 셔츠를 입고 머리엔 달리아 꽃을 이고 우물가로 가고 있다 소녀들이 우물에 침 뱉기 놀이를 한다 머리에 인 달리아 꽃들이 우수수 우물 속으로 떨어진다 속부터 빨갛게 달아오르는 꽃을 머리에 인 소녀들이 우물 속으로 떨어진다 우물 속은 멀다 소녀들은 떨어지고, 떨어지고, 떨어져도 가라앉지 못한다 저기, 소나기 쏟아진다 속부터 달아오른 꽃잎들. 저기, 달리아 꽃을 머리에 인 소녀들이 쏟아진다

올해도 과꽃이 피었습니다

과꽃의 씨방에 사는 한 사람을 압니다 그는 분홍 과꽃의 말라비틀어진 씨방에 삽니다 그의 등은 호미처럼 굽었고 손등은 딱정벌레의 껍데기처럼 딱딱합니다 그의 등과 손등이 언제부터 그렇게 굽고 딱딱해졌는지 모릅니다 과꽃 잎사귀에 이슬이 내릴 때 그는 꽃잎을 타고 일터로 갑니다 그의 일터는 프라모델 탱크를 만드는 공장입니다 그는 탱크의 바퀴를 만드는 일을 합니다 그가 만든 탱크 바퀴는 과꽃을 닮았습니다 그는 탱크 바퀴의 전문가입니다 그가 만든 탱크 바퀴는 진흙탕도 달릴 수 있습니다 비탈 언덕도 쉽게 오를 수 있습니다 과꽃의 씨방에 사는 그는 과꽃을 타고 출근해서 과꽃 같은 탱크 바퀴를 만듭니다 톱니가 있고, 굴러가고, 아이들이 좋아하고, 쉽게 잊히고, 잊은 후에는 다시 떠오르지 않는 탱크의 바퀴를 만듭니다 아이들이 그가 만든 탱크를 가지고 꽃밭에서 놉니다 바퀴에 꽃잎이 깔립니다 꽃들이 지고 꽃 진 자리에 다시 꽃이 핍니다 과꽃의 씨방에 사는 한 사람은 등이 호미처럼 굽었고 손등은 딱정벌레 껍데기처럼 딱딱합니다 올해도 과꽃이 피었습니다 꽃밭 가득 예쁘게 피었습니다

연등

바람이 불지 않는
오월의 저녁
손목이 뒤틀어진 소아마비의 사내가
종이와 펜을 내밀며 길을 묻는다

“잠실…… 어떻게 가야 해요?”
“저 연등을 따라가세요
계속 가다보면 불 켜진 등 아래
누에가 고치를 틀고 있는 밭이 보여요”
나는 채도가 낮은 빛깔의 목소리로
그에게 말한다
연꽃 같은 웃음을 떨구며
연등 행렬 속으로 사라지는 사내
한쪽만 진한 발자국이 내 앞에 남는다

별도 보이지 않았다
그가 태어난 날도 그랬을까
오지 않을 버스를 기다리는 사람들은
어딘가의 먼 절에 있다는
오백 나한의 얼굴들을 하고 있었다

다리를 절던 그는 어디쯤 가고 있을까
연등 속에서 불 밝히던 성충들은
이미 환태하여

날아가고 없었다

살구나무 아래

마당가 쓰러져가는 담장 아래 얼굴들이 쌓여 있습니다 오래전에 하나씩 내다 버린 얼굴들입니다 얼굴들은 반쯤은 부패하였고 반쯤은 미소를 머금고 있습니다 그 위로 살구나무 그림자가 어리어 있습니다 기우는 달빛을 받으며 가지는 잎사귀에 잎사귀는 마당에 마당은 토방에 토방은 문지방에 문지방은 먼지 덮인 방바닥으로 번져가며 모든 경계가 허물어집니다 살구꽃은 지고 아직 살구는 열리지 않았습니다 진 꽃들이 마당가에서 시들면서 어두운 얼굴 위에 감광액처럼 한 잎 한 잎 빛을 찍어줍니다 그늘에 가려져 있던 얼굴들이 환해지기 시작합니다 머금은 미소 위에 달빛이 눈부십니다 눈부신 얼굴들을 바람이 쓸고 가고 얼굴들은 달빛을 수혈 받고 점점 살구나무가 되어갑니다

빛, 벚꽃

미친 듯이 팔랑대며 쏟아지는 하얀 정령
젖은 땅 위에 닿자마자 손쓸 수 없이
부풀어오르는 봄

부주의한 자 나무 밑을 지나다
꽃의 비명을 듣는다 서늘하게
소름이 돋은 온 땀구멍으로 파고든다
젊은 나이에 죽어버린 시인들처럼
그것들은 늘 비명횡사다

노출이 커져버린 사진 속의 대낮
아무도 지나가지 않는 길을
천천히 걷고 있는
난 아픈 게 아니고
생이 조금 모자랄 뿐

떨어진 꽃잎들은 바람에 날려
멀리로 가서 다시 죽는다

그늘, 산수유

사내는 졸립기만 하다 들 위에 뜬 낮달은 꽃에서 흐르는 피를 본 것처럼 하얗게 질려 있다 함부로 마음을 파는 계집아이 때문에 냉이같이 여린 나물들은 나자마자 멍이 든다 멍투성이 들판의 가슴팍에 쪽칼을 들이미는 계집아이, 빨갛게 튼 손등 위로 봄이 지나간다 사내의 등뒤로 산수유 그늘이 지고 그늘은 햇살이 지린 오줌인 양 노랗기만 하다

흑룡강성에서 온 연이 엄마

연이 엄마는 왼손으로 밥주걱보다 견고하지 못한 삶을 사느라 입술이 터진다 터진 입술 사이로 거칠게 흘러나오는 흑룡강의 물결 붉디붉은 강 물결 따라 남지나해 서해 군산 앞바다 쿨럭쿨럭 쏟아지는 찬물에 손 담그다 간밤 천둥소리에 울고 있을 연이를 떠올린다

엄마와 함께 놀던 파밭을 서성이다 눈물이 쏟아진다 눈물이 멎질 않아 눈이 멀어버린 연이 아무리 불러봐도 엄마는 먼 어머니의 나라에 있다

기름때 진 사내들에게 밥을 퍼줄 때마다 데인 가슴을 수챗물로 씻어내고 철수세미처럼 딱딱한 손바닥에 새겨진 고향의 지도를 본다 어느새 손금을 타고 내려오는 강물 고향에 간다

풀풀 날리는 십일월 눈 속에 파꽃이 묻힐 때 만두 장사가 지나가다 팔다 남은 만두를 연이에게 주고 간다 모락모락 피어나는 훈김이 뿌옇게 앞을 가려 손에서 주걱을 놓친다 고슬하게 지어진 밥알이 흩어진다

차가운 밥그릇에 몰아치는 흑룡강의 눈발

빈 주전자가 혼자 끓고 있는 저녁

빈 주전자가 혼자 끓고 있는 저녁이었다 사람들은 램프를 들고 빙판길을 돌아다녔다 길 위에 흐린 램프를 든 얼굴들이 비쳤다 얼굴들은 대부분 지쳐 있었다 그렇지 않은 얼굴들은 램프 빛에 가려 보이지 않았다 길은 내 왼손가락에서 뻗어나가 논으로 향해 있었다 동상 걸린 길들이 꽝꽝 언 논을 지날 때 얼음장 밑으로 벼의 텅 빈 대궁이 갇혀 있는 것이 보였다 빈 주전자가 혼자 끓고 있는 저녁이었다 논바닥 깊숙한 곳에 동면중인 개구리들이 렘수면을 취할 수 없는 저녁이었다 길들은 멈추지 못하고 평생을 달려왔다 언 논이 깨지고 다섯 개의 길이 텅 빈 벼의 대궁 속으로 흘러들었다 빈 주전자는 혼자 끓고 있었다 램프는 꺼졌고 저녁이었다 지친 얼굴들은 낟가리 속으로 스며들었다 얼굴을 묻어준 짚들이 몸살을 앓는 저녁이었다 그런 저녁엔 흔히 길들이 길을 잃는다

이월

코로나에서 뿜어져나온 햇살이 느린 속도로 내려오고 있네 난 꿈을 꾸지 꿈속에서 은빛 도는 흰 이불을 꿰매고 있는 홀리 부인을 만나지 홀리 부인은 나에게 이렇게 말하네

이월에 너는 폭풍 속에 있을 거다

나는 부인의 말을 알아듣지 못하지 난 뛰었지 햇살보다 더 강렬한 속도로 창자 속 같은 시간을 헤매고 있지 빛의 융털 사이에 박혀 있던 묵은 시간들이 나의 달음박질에 부서져 나왔지 이월을 만나려면 어떻게 해야 되죠? 잠자리처럼 가벼운 날개를 달고 있는 소년이 내 어깨에 내려와 묻지 그건 왜 묻니? 당신이 달려가는 곳으로 나도 데려가줘요 나는 그저 달아나는 것뿐이란다 어디로부터?

소년이 날개를 파닥거리며 날 따라오는데 나는 부서진 시간들을 밟으며 속력을 내서 달렸지 유리 파편처럼 흩어지는 시간들…… 내 몸은 점점 가벼워지는데 다리를 움직일 때마다 구름이 생기는데 구름은 홀리 부인의 이불처럼 펄럭이는데…… 나의 지상(紙上)엔 온통 천상의 먼지 끝이 보이지 않는 길을 달리며

이월에 난 폭풍 속에 있었네

폭우 속에 시간을 잃다

위독하던 나무는 기어이 번개를 맞고 뼈가 드러나버렸다 폭우가 내리던 하늘이 갈라지고 그 틈에서 쏟아져나오는 검은 나비떼 죽은 나무 뼈 성분의 인광을 바르고 비오는 밤하늘을 날아다닌다 한 마리의 검은 나비가 나의 창문을 두드린다 젖은 날개를 말리기엔 내 방도 눅눅하다는 걸 모르는가 잠들지 못하는 나는 창문을 열어 그녀를 맞이한다 그 순간 나는 시간을 잃어버린다 사상 유래없이 내 방에 들어온 그녀를 위해, 잃어버린 나의 시간을 위해 벽에 걸린 〈정오의 명상〉*에 불이 켜지고 그녀는 빗물에 젖은 매트리스 위에서 잠이 든다 아침이 되어도 그녀의 날개는 마르지 않는다 거리엔 검은 나비들의 잔해가 흩어져 있고 사람들은 아무렇지도 않게 그들의 날개를 밟고 출근을 한다 도대체 이 아침은 어느 별, 어느 계절의 아침인가 나는 폭우 속에 잃어버린 시간을 찾으려 밖으로 나갔다가 찢긴 날개들만 수거해 온다

* 박항률의 그림 〈정오의 명상〉(1996).

사춘기

노란 벽돌이 깔린 길들이 출렁입니다
나는 구부러진 등을 보이며 마냥 걸었습니다
쫓아오는 이도 없는데
길은 이쪽에서 저쪽으로
끊임없이 내달립니다
발바닥이 닿는 곳마다
은사시나무 떡잎이 자라고
내가 지나온 길은 숲이 됩니다
차가운 달이 부서지면서
은빛 가루가 흩날립니다
소금쟁이처럼 거만하게 가라앉지 않는 잎사귀
달 가루를 묻힌 사시나무 잎들은
내 뒤통수에 대고 손을 흔들고 있습니다
나는 한가로이 그들에게 화답하지 못하고
마냥 걸었습니다
달이 없는 하늘에는
무구한 영혼들이 쏘아올려져
하늘에 반짝거립니다
나는 숨가쁘게 출렁이는 길 위에서
닥쳐오는 어둠들에게 키스를 퍼붓습니다

녹슨 컵

신경쇠약의 코스모스들이 몸을 흔들고 있었어 라디오에서는 〈바람만이 알고 있지〉*가 흘러나오고 다리도 날개도 없는 슬픈 애벌레들이 땅속으로 숨어드는 시간. 먼 곳으로부터 까치들을 도륙하는 소리가 들렸어 귀뚜라미들은 배를 기다리는 항구의 병사들처럼 군가를 부르고 시리게 파란 하늘이었는데 아무도 눈물은 흘리지 않았어 장님이 된 잠자리들은 잘 마른 고추 빛 꼬리를 자랑하지도 못한 채 방충망에 붙어 죽어가고 있었고 TV를 켜면 금장 커프스를 단 멍청한 왕이 주름진 턱을 쳐들며 떠들어댔어 대부분의 늙은이들은 죽을 때까지 한 번도 써먹지 못할 무시무시한 말들을 쏟아내면서 버려진 요새의 아이들이 유골 조각으로 공기놀이를 하고 있었어 어디서도 밤 가시에 찔린 손등을 내미는 아이는 볼 수도 없었지 조그맣고 통통한 손등에 점점이 맺히는 앙증맞은 핏방울 같은 건 상상해서도 안 될 만큼 불경스러운 때였거든 부리를 꺾이고 발톱을 뽑힌 새들이 날아다니고 아기를 잃은 엄마들이 녹색 털실로 봉분을 만들고 있었어 어떠한 폭격에도 거뜬할 밤송이같이 파란 무덤들 그 속엔 알밤처럼 까맣게 빛나는 아기들이 잠들어 있었어 아스팔트 위로 늙은 코스모스들이 발톱 같은 씨앗들을 뿌려대는 밤 내 컵에는 마셔도 마셔도 줄지 않는 녹물이 가득차 있었어

* 밥 딜런의 노래 〈Blowin' in the Wind〉.

제2부

모니터킨트*

— eyeless.jpg

불지 마 꺼질 것 같아
건드리지 마 다칠 것 같아
상처 옆에 눈이 내린다 창문을 두드린다
한밤중에 일어나 눈동자를 열고 모니터를 꺼낸다
붉고 싱싱한 잘 익은 놈으로
너에게 줄게 아무것도 먹지 마
이것만 있으면 모니터 속 아이리스
보라색 꽃잎 가장자리 휘어진 옒게 눈웃음치는
이슬보다 영롱한 0과 1
샤갈의 마을에 내리는 눈은 녹지도 않고
나의 모니터 속에 쌓인다
눈보다 차가운 아이리스 눈이 없는 꽃
천만 개도 넘는 눈을 달고
늘 살아야 되는 꽃
수미산 꼭대기에 피어나고 싶어
불지 마 거봐 날아가잖아

* 모니터킨트: '아스팔트만 밟고 자란 도시 아이'란 뜻의 '아스팔트킨트' 이후, 아스팔트조차도 제대로 밟지 않고 모니터만 바라보며 자라는 아이.

명랑청백전

기억은 늘 화면 조정에서 시작한다

화면 조정의 백그라운드 뮤직은 비발디의 사계 중 〈봄〉

〈봄〉이 끝나면 백두산의 일출과 동해의 일렁임이 이어진다

평일 오후는 그렇듯 진부하다(진부하지 않은 평일의 오후를 본 적이 있냐는 듯 당당하게)

날마다 일요일 한낮에 벌어질 버라이어티 쇼를 기다린다

백팀은 흰색, 청팀은 검은색(기억은 꼭 흑백텔레비전이다)

사회자는 너무나 점잖은 목소리의 아나운서, 문밖에선 돼지 잡는 소리 요란하다

죽기 전의 돼지는 외계에서 온 프리마돈나같이 우아한 소리를 내고

텔레비전 속에선 명랑청백전이 한창이다(사회자는 웃음소리마저 왜 저리 점잖은 건지—그래서 쇼는 더 우스꽝스럽다)

그릇에 가라앉은 미숫가루를 숟가락으로 퍼먹다가(마치 말리부해의 진흙 같은 맛이다) 오늘의 주인공은 누구일까 궁금하다

명랑청백전의 승리가 어느 팀에게 돌아가건(백팀이든 청팀이든—혹은 흑팀이든) 방청객 중 한 사람, 컬러텔레비전 당첨자를 뽑는다 오늘 행운의 주인공은 쪽찐 백발의 할머니(조선왕조의 마지막 상궁 같은 모습이다)

마지막 상궁을 위하여 반짝이 종이가 날리고 밴드는 신나는 음악을 연주한다

흑백텔레비전 화면에 어울리는 그럴듯하게 유쾌한 경음악(1960년대 뉴올리언스풍이다)이 흐르며

쇼는 끝나도 돼지는 죽지 않는다 그렇게—

지루하게 이어지는 휴일의 대낮

그것

그것이 어디에서 왔는지 몰랐다 그것은 한 번도 벨이 울리지 않던 전화기에 앉았다가 이내 형광등의 검은 점을 향해 날아갔다 바람이 허리를 숙이고 들어오다 철제 블라인드를 울렸다 북쪽 하늘에서 구름이 몰려오고 있다는 소식이었다 뜨겁지도 차갑지도 않은 골목에선 매미가 전신주에 달라붙어 날개를 떨고 있었다 방전중인 변압기가 지그지그 울기 시작했다 매미가 따라 울었다 여름이 사그라지는 구월의 저녁이었다 그것이 어디에서 날아왔는지 아무도 알지 못했다 그것은 가운데는 텅 비어 있는 흰 당구공의 휘어진 마름모형의 불빛처럼 보였다 당구장의 여자애는 초커가 묻어 있는 공들을 닦아놓고 퍼즐을 맞추었다 퍼즐의 완성도는 빨간 페라리에 기대선 스카프를 두른 여자의 누드화였다 오른쪽 유두와 페라리의 뒤 타이어 부분이 없었다 여자애가 퍼즐을 맞출 때 천장에서 긴 팔이 내려왔다 팔은 공중에서 종이를 찢어 꽃을 만들었다 중국 서커스단 코끼리의 머리를 장식하는 꽃이었다 그것은 〈코끼리 꽃〉 사이를 날아다녔다 그것은 새장에 갇힌 연꽃처럼 불운한 결정체였다 그것이 한쪽 유두가 없는 누드 위에 앉았다, 일어나자 그 자리엔 금빛이 묻어 있었다 나의 떨리는 손이 그 위에 닿은 순간 금빛은 녹으로 변했다 안개 속에 어둠이 겹겹이 쌓이고 있었다 가을이 썰물처럼 들어오는 구월 저녁의 일이다 그것이 떠난 이후 나는 흑성의 그림자보다 더 진한 어둠도 있다는 것을 처음 알았다

병

장마에 편지를 쓴다 빗물은 한마디도 지껄이지 않고 잘도 흘러간다 흘러가는 빗물 편에 병을 띄운다 병 속엔 편지가 있다 나의 병은 오래되어 편지가 견딜지 모르겠다 그래도 나는 편지를 접어 병 속에 넣는다 나의 병은 도시의 하수구를 떠돌다 아픈 시궁쥐들과 떠돌이 고양이들에게 발견된다 하천에 사는 작은 물고기에게도 먼바다의 플랑크톤에게도 태평양의 고래에게도 발견된다 나의 병은 종려나무 우거진 남국의 파라다이스로 북극의 빙하섬으로 안개 핀 갯벌 조개들의 무덤으로 도착한다 그리고 나의 병은 장마가 지나도 낫지 않는다

나는 17세기 스페인의 항구, 눈부신 범선의 돛대에 펄럭이는 바람이다

조용한 산사 뒷마당에 누워 그늘 밑 쥐구멍 옆에서 잠을 청한다
먹을 것 하나 없는 산사의 쥐가 들락거리는 이 길이 블랙홀일지 모른다
스님의 법복 자락을 스치던 소슬한 풍경 소리가 내 등을 쓸고 간다
나는 절에 사는 쥐를 따라 검은 그 구멍으로 들어간다
처음 세상으로 나오던 통로처럼 까맣고 좁은 길
나는 길고 매끄러운 뱀이다
달아나는 쥐는 박차가 달린 구두를 신고 있다
통로가 끝나는 곳은 아열대의 늪지대
늪지의 저 끝에서는 사냥꾼이 시가를 피우고 있다
박차가 달린 구두를 신은 쥐는 보이지 않고
나는 시가를 피우는 사냥꾼에게 사로잡힌 물소다
사냥꾼이 지나가는 도요새에게 한눈을 파는 사이 나는
그의 허리를 찌르고 달아난다
나의 뿔에는 사냥꾼의 선지가 선인장의 붉은 꽃처럼 달려 있다
나는 달리고 또 달린다 선인장 꽃이 시들어질 때 나는
아프리카의 버펄로, 배고픈 표범, 이집트 공주의 애완동물이다
삼십육만오천한번째의 석양을 보았을 때 나는 공주 곁을 떠난다
한번 넘으면 다시 넘어올 수 없는 고개를 지나

비가 오는 숲길로 접어들면 나는 꿈꾸는 고사리다
참나무 옆에 웅크리고 있던 나는
길을 잃은 아이들이 떨어트리고 간 조약돌
냇물에 잠긴 대륙풍이다 나는
17세기 스페인의 항구
눈부신 범선의 돛대에 펄럭이는 바람이다

감자에 싹이 나서 잎이 나서,

식탁 위에 싹 자란 감자 하나. 옆에는 오래전 흘린 알 수 없는 국물 눈물처럼 말라 있다 멍든 무릎 같은 감자는 가장 얽은 눈에서부터 싹이 자란다 싹은 보라색 뿔이 되어 빈방에 상처를 낸다

어느 날 내 머릿속 얽은 눈이 저렇게 싹을 틔운다면? 감자에 싹이 나서 잎이 나서, 보자기는 가위를 가위는 바위를 바위는 보자기를 이기지 못하지 숨바꼭질 술래를 정하면서 아이들은 삶의 부조리를 배운다 무궁화꽃이 아무리 피어도 술래는 움직이지 못한다 얼마나 오래된 것들을 저장해야 저렇게 동그래질까? 추억은 때로 독이 되어서 요리할 때는 반드시 잘라내야 한다 싹이 틀 때 감자는 얼마나 아플까 감자에 싹이 나서 잎이 나서,

선인장

그는 어미 없는 새집에서 새알을 훔쳐오듯 머릿속에서 낱말들을 하나씩 끄집어내었다 낱말들은 처음 날갯짓을 배우는 새처럼 제멋대로 춤을 추며 날아다녔다 그는 모니터에 낱말들이 놓일 자리를 털고 날아다니는 낱말 중에 가장 오래된 낱말을 찾았다 '선인장'이란 낱말이었다 선인장이란 낱말은 폐곡선을 그리며 방안을 날아다녔다 날아다니는 선인장을 쫓는 동안 그의 방은 타클라마칸사막이 되었다 책상 밑에 붉은 전갈 두 마리가 싸우고 있었다 전갈의 피가 파란색이라는 걸 그는 그때 처음 알았다 붉은 전갈의 파란 피가 바짝 마른 모래를 적시는 동안 선인장은 저만치서 구경만 했다 선인장은 딱히 구경 외엔 할 일이 없어 보였다 그는 선인장이 전갈의 싸움을 구경하는 것을 구경했다 그도 타클라마칸사막이 된 그의 방에서 할 수 있는 일이라곤 그것뿐이었다 패배한 전갈의 파란 피로 모래가 흠뻑 적셔지자 사막은 사라지고 깨끗한 그의 모니터에 선인장이 찍혔다

그는 손바닥에 박힌 선인장의 가시를 뽑기 시작했다

마추픽추

'존재의 강시'를 노래하는 시인의 시집을 읽다가 지하철 안에서 졸았다 열차가 삼송역을 지나 지축역에 도착했을 때 나는 선잠에서 깨어났다 사람들은 각자 앉은 자리에서 신문을 보거나 화장을 고치거나 책을 읽거나 멍하니 앞좌석에 앉아 있는 사람의 신발을 바라보고 있었다 신들은 자꾸 발을 두고 도망가고 있었다 내 신도 나를 두고 도망가려 했다 신을 따라 허겁지겁 창밖을 보자 그곳엔 잉카의 마지막 왕이 웃고 있었다 열차는 곧 깜깜한 지하 동굴로 들어갔다 고장난 샤워 꼭지처럼 남은 꿈들이 머리에서 질질 흘러나왔지만 닦을 생각은 없었다 껌팔이가 모두에게 껌과 종이를 주며 지나간다 종이에는 '너의 꿈은 마추픽추에 잠들어 있다'고 쓰여 있었다 다음 칸으로 사라지는 그의 뒤를 잉카의 왕이 황금 팔찌를 흔들며 따라갔다 신에게 버림받은 사람들이 지하철을 갈아타려고 충무로에서 내리고 나머지 사람들은 코리아헤럴드 신문을 말아 쥐고 티티카카호수에서 여름휴가 보낼 궁리를 하고 있었다

저녁 숲

해가 함석지붕 위에 간신히 걸쳐 있을 때 숲에서는 천 년 동안 불던 바람이 탈주를 시도한다 마른가지에 상처 입은 바람이 함석집 마당을 쓸면 건넌방에선 기침 소리가 비듬처럼 떨어진다 서산으로 넘어가지 못한 하루가 문고리에서 짤랑거리고 문풍지로 막아내지 못하는 미친 바람은 이부자리로 파고든다 불러도 오지 않던 얼굴들이 천장의 꽃무늬로 번져 있다 낡은 전축 위로 해진 이불 홑청 위로 떨어진다 그리운 얼굴들로 얼룩진 이불은 비벼도 지워지지 않고 삶아도 빠지지 않는다

빽빽하게 서 있는 검은 나뭇가지 끝에 새들이 둥지를 튼다 바람에 묻혀온 기침 소리가 가지를 흔든다 새들은 날아가고 엉성한 둥지는 무너진다 마침내 찢기고 터진 나무의 살들이 부대끼며 타오른다 숲의 열기에 춤추는 어리고 뽀얀 깃털들, 달아난 새들이 흘리고 간 조밀한 꿈들, 숲을 찢으며 툭툭 튀어오른다 숲의 발화에 해가 순식간에 져버린다

퇴근길

질척해진 구두를 끌며 퇴근하는 저녁 프라자호텔 라운지의 불빛이 분수대 위로 쏟아져 흩어지고 있다 물 위에 춤추는 불빛을 바라보다 지하로 들어간다 전철이 출발하는데 약간의 현기증이 났다 전철 에어컨디셔너의 차가운 공기가 젖은 구두 속에서 더워질 때 때 절은 작은 손이 나에게 쪽지를 내민다 찢어진 글씨 위로 불가사리가 떨어져 꿈틀거린다 무릎 위로 한 장씩 밀려왔던 파도는 힘없이 밀려가 출입문으로 사라진다 사라진 파도를 쫓아 달려나가보지만 레일 위에 빛나는 전철의 백라이트 개찰구를 빠져나오자 후줄근한 주머니에서 기어나오는 성게 한 쌍 짝짝이 장화를 신고 있다 발을 내딛는 순간 파도는 해일이 되어 퇴근길을 삼켜버렸다

도마

손끝이 시릴 땐 도마질을 한다
당근은 또각또각 잘려나가면서
손톱 끝부터 뜨끈해지기 시작한다
도마의 등은 점점 더 깊이 파여가고
비릿한 칼날 냄새가
도마의 파인 살 속으로 스며들면
손가락에 조금씩 불이 붙는다
데일 듯 뜨거워진 사기 안에
토막 난 당근을 담아놓고
적당량의 물을 붓는다
예열 250°C 조리 시간 15분에 맞추어놓은
가스오븐레인지로 들어가고
신들린 듯 흔들리는 파란 불꽃
식탁보로 파이닝거*의 그림이 펼쳐진다

오늘의 요리는
—당근겨자파이

* 라이오넬 파이닝거. 독일의 표현주의 화가. 식탁보는 1917년에 그린 〈덴슈테트〉.

푸른 안구를 선물로 받았습니다

푸른 안구를 선물로 받았습니다
오래전 헤어진 애인이 보내준 것입니다
편지는 없고 상자 안에는 〈품질보증서〉와 〈사용설명서〉가 들어 있습니다

〈주의 사항〉 1. 안구를 끼우기 전에 반드시 머리를 식히십시오 과열된 머리에 끼웠을 경우 부작용이 생길 수 있습니다 2. 한쪽 안구씩 차례대로 착용하십시오 3. 포장을 뜯은 안구는 맨손으로 만지지 마십시오 맨손으로 만졌을 경우 화상을 입을 수 있습니다(함께 들어 있는 특수 라텍스 장갑을 사용하십시오) 4. 안구를 착용한 후 시력을 회복하기까지는 약 40초에서 1분이 소요됩니다(사람에 따라 1분 이상이 걸릴 수도 있지만 2분 이상 암흑이 계속될 경우 본사 상담실로 연락주십시오) 5. 교체할 눈 주위를 올리브 오일 등으로 충분히 마사지를 한 후에 착용하십시오 6. 특이체질인 자는 반드시 안과 전문의와 상의 후 착용하십시오

※부작용: 사랑하는 사람과 증오하는 사람의 판별 불능증, 아름다움과 혐오스러움의 교란증, 일몰 후 어지러움증, 일출 시 심한 눈부심, 기타 등등

겨울 동안 한 번도 벗지 않은 모자를 벗고 봄이 오는 창문에 머리를 내밀었습니다 축축했던 머리에서 이끼가 자라나 있었습니다 바람이 불어오고 비스킷 가루처럼 버

석거리는 사막에서 죽어버린 누군가의 뼛가루가 눈에 들어옵니다 창문을 닫고 올리브 오일을 눈가에 바르고 마사지합니다 오른쪽부터 낡은 눈알을 뺍니다 텅 빈 안구 왼쪽 눈의 동공이 활짝 열립니다 파 속의 진액처럼 미끈거리고 끈적거리는 낡은 눈알을 맨손으로 만져봅니다 서러운 감촉입니다 얼른 라텍스 장갑을 끼고 푸른 안구를 끼워넣습니다 새 안구와 낡은 안구 사이의 괴리에 잠시 어질합니다 왼쪽 눈알도 마저 뺍니다 아! 새로 끼운 오른쪽 안구에 시력이 돌아오기 전이었습니다 어둠 속에서 서러운 감각만으로 새 안구를 집어듭니다 허둥대지 않습니다 1분도 안 되는 시간 동안의 암흑일 뿐입니다 그렇게 믿고 기다립니다 망막에 상이 맺히는 거리를 찾을 때까지 어두울 뿐입니다 서서히 밝아집니다 푸른 안구 속에 펼쳐진 세상은 조용히 속삭이듯 시작합니다 윈도즈가 부팅되는 시간보다 조금 더 오래 걸리는 듯합니다 책상 위에 내가 쓰던 낡은 안구가 물끄러미 나를 바라봅니다 재래시장 한켠에 버려진 생선 눈 같은 눈빛입니다 새 안구를 끼우고 창문을 열어봅니다 창밖으론 처음 보는 사월의 하늘이 흐르고 있고 머리카락처럼 마르지 않은 이끼가 자라 있습니다 그때까지도 머리는 식지 않은 상태였습니다

채석강 오후, 푸가 형식의 식사

격포에 다녀온 일이 있지요 그리움의 더께 같은 채석강의 퇴적층을 보았지요 날 선 바닷바람이 적층 사이를 가르는 비명이 꼭 내가 지르는 것만 같았지요 방파제 위에서 파는 조개구이를 먹었지요 가스불에 탁, 탁 벌어지는 조개껍데기의 무늬가 채석강의 퇴적층 빛을 띠고 있었지요 조갯살을 씹으며 생각했지요 당신이 들려주었던 푸가, 퇴적층 같은 오후에 벗겨내는 시간의 껍질 같은 맛이라 생각했지요 초장을 찍은 대합 살이 미끄러지듯 식도를 내려가고 채석강에 내리는 눈은 적층이 되어 쌓였지요 눈이 내리고 그리움이 쌓이고, 또 눈이 내리고 그리움이 쌓이고, 또 눈이 내리고 그리움이 바다모텔에 방을 잡았지요 모텔 방에서 격포 앞바다까지 격포 앞바다에서 하늘 끝까지 미친 눈송이들이 마구잡이로 휘날리고 어둠 속에 쌓이는 눈 때문에 눈의 적층은 더욱 선명해졌지요 얼어붙은 눈의 적층을 달려 집으로 돌아왔지요 돌아와 동글한 퇴적층 같은 양파를 깠지요 격포의 파도 같은 칼날은 단번에 양파를 갈랐지요 슬픔의 엷은 막을 닮은 양파 껍질을 벗겨내고 쌀뜨물에 흰 된장을 풀고 조개를 넣고 양파를 넣고 된장국을 끓여 퇴적층 같은 오후에 푸가 형식의 식사를 했지요

가을 햇살

햇살이 닿아 번뜩이는 감나무 잎으로
손목을 긋고 싶다

벌겋게 익어가는 살찐 열매 옆에 달려 있는
그 잎을 따다가
상처 내지 않으려고 조심조심 애쓰는
푸르게 날이 선 그 잎사귀를 따다가
촉촉한 흙에 담그지도 못하고
볕조차 넉넉히 받지도 못한
파리한 심장을 찌른다
뜨거운 피는 콸콸 솟구쳐
모든 죽어가던 것들에게 뿌려진다

나는 아무 짓도 못하고
어두운 방구석에 쭈그리고 앉아
찬밥을 물에 말아 먹는다

감나무 잎에서 떨어진 햇살이
눈을 찌른다

뜨개질하는 남자 비단뱀 장수

남자는 비단뱀 장수
소금을 파는 비단뱀 장수
남자의 여자는 검게 그을린 부뚜막 앞의 청상과부다
남자는 비단뱀을 꼬아 뜨개질을 한다
남자가 뜨는 옷은 부뚜막 위의 곶감처럼 익어간다
남자가 뜨는 옷은 어떤 지옥보다 뜨겁다
남자는 이대로 뜨개질하는 남자가 되어
죽어도 좋다고 생각 한다
하지만 남자는 비단뱀 장수
소금을 파는 비단뱀 장수
남자의 여자는 남자가 파는 소금을
한 번도 사준 적이 없는데
남자가 떠준 옷을 입는다
여자의 남자는 비단뱀 장수
소금을 파는 비단뱀 장수
비단뱀 꼬아 뜨개질하는
소금을 파는 비단뱀 장수

낡은 피아노와 우물에 관한 꿈

폐쇄된 우물의 뚜껑을 열었더니

관속에서잠을자던먼지낀현을~하얀손가락이두드리고 있어요~새의쇄골을갈아~밀랍을녹여만든소리들~계이름도없이튀어나오지요~버림받은당신들을위해~모차르트의피아노에튀드33번알레그로를연주해드릴게요~천재음악가는깃털같이경쾌한곡을작곡하지요~결국진혼곡을만들다죽어버리지만~그러니까카르멘의카드점같은건믿지마세요~비가오는날은특히더속상해도~빗방울행진곡같은것은듣지마세요~한번도두레박을내리지않은우물옆에서~집시의망토를입고기다려줘요~당신고향엔아직도러시아군대가주둔해있나요?~푸른제복의사내들이~거리의아가씨들에게휘파람을부나요?~나를따라오세요~아름답고푸른도나우강을따라~독일식서재가있는집들의거리로~클라라의집앞이에요~클라라가슈만모르게임신중절수술을두번이나했다고~슬픔에싸여있어요~불쌍한그를위해소나티네를연주해주었지만~그리워로가못됐는가봐요~교교한달빛탓이라고만해두었어요~열두계음때문에편두통이날지경이에요~자신이없는거지요~혹시당신도프리메이슨의당원인가요?~지하예배를보듯모여드는사람들~기침소리~한숨소리~모두한없이~가라앉는소리들~우물엔절대~두레박을빠트리지말아요

낡은 피아노 소리가 흘러나온다

단편 비디오 필름

— 수수

REC ●

고담시(古談市)에서 북쪽으로 두 시간

십이월의 들판에 수숫대 밑둥치처럼 여인이 서 있다

목도리도 외투도 없이 닳아 해진 살 아래 빗장뼈가 드러났다

싸락눈 내리는 아침 수수밭을 가로지르는 길 위에 고양이가 누워 있다

(Zoom In 길 위의 고양이에게)

터져버린 고양이 내장에서 푸른 수증기가 피어오른다

타이어 자국이 목에 매인 은색 공단 리본의 붉은 얼룩으로부터 달아난다

(Long Take 고양이 사체로부터)

무너진 통나무집 담장

마당엔 빨간 털실로 매어놓은 그네가 있고

그네 위에 색종이로 만든 검은 고양이와 해바라기가 있다

수수깡 통나무집 위로 싸락눈이 쌓인다

(Overlap 초등학교 운동장)

아이들이 노을 번진 입술에 바람개비를 물고 집으로 간다

운동장엔 씹다 뱉은 수수깡과 찢어진 바람개비 혼자 돌고 있고

아이들의 키가 국기 게양대만큼 자라난다

(Effect 북해 어디선가 섬 하나 침몰하는 소리)

바람개비처럼 여인과 고양이는 버려져 있다
한참을 기다려도 아무도 오지 않는다
(Zoom In 길 위의 여인에게)
천천히 걷기 시작한다
점점 풍화(風化)되어가는 여인의 다리
고양이를 버려두고 고담시로 간다
REW ◀◀

제3부

식판 공장의 프레스 기계들과 언니의 검은 란제리를 위한 노래

물오른찔레나무새순을꺾어
나무의맑은피를손톱에칠하고
새로자란토끼풀꽃들을뜯어
시계랑반지를만들어끼웠어

시간은째깍째깍시들어가고
기타도베이스도드럼도없이
굶주린거미같은오르간만으로
잊혀가는낮의변주를했어

언니는우물가시멘트바닥에앉아
검은란제리를빨고있었어
쭈그러진노란세숫대야에
란제리는불은미역같았어

노을이가지색으로멍들어가는
식판공장기계들이춤추는저녁
사람들에게식판은늘모자랐기에
밤새도록기계들은춤을추었어

아기잃고젖몸살을앓는언니가
구름을불러달을덮어주었어
그믐달이자고있는우물속으로
죽은별처럼눈물이떨어졌어

꽃시계는드디어멈춰버렸고
파란철길위로막차가지나갔어

물고기보다투명한손톱들이
메마른건반위로떨어졌어
건전지가다된전자오르간은
비오는날버려진고양이처럼울었어

공장마당엔발목잘린비둘기들이
깃털빠진늙은비둘기들이
마지막기차의장화를신고
아주먼곳으로가고싶어했어

쿵덕쿵덕프레스기계소리
철벅철벅두레박올리는소리
철길을지우는안개와함께
기차의꼬리에붙어따라가고

하얀빨랫비누는불어가는데
익사체의살처럼뭉그러지는데
식판공장프레스기계들은
공장문이닫혀도춤을추는데
숲처럼검은란제리를빨던

언니는영영오지않는데

표본실의 나비들

희귀종 생태 표본실의 나비들이 유리관을 깨고 모두 나왔다 그들이 탈출한 것은 십이월, 어느 정전된 밤이었다

프릴 달린 넥타이 장식은 너무 무거워 이런 파티에선 럼을 넣은 칵테일은 어울리지 않아 뜨거운 보드카를 마시고 싶은데…… 여기 마릴린 맨슨의 앨범은 없니? 재즈라면 있어 빌리 홀리데이와 쳇 베이커가 있지 장미가 가득 핀 정원에는 아직도 악취가 몰려다니고 있을까? 붉게 달아오른 그것들은 허튼 발길질에도 안달이 나 있곤 했는데 말야…… 이젠 장미의 악취라도 참을 수 있을 것 같아 포르말린 묻힌 핀에 꽂혀 나프탈렌 냄새만 맡는 것보다야 낫잖아?

멧노랑나비의 아랫날개에 검은 점이 돋보인다 아무하고도 말을 하지 않는 그녀는 휘어진 창틀에다 대고 날개를 비비고 있다 창가에 놓인 배추흰나비의 실크 모자 위로 노란 지분(脂粉)이 떨어진다 쳇 베이커의 노래가 흐느적거리며 테이블 밑으로 쏟아진다 배추흰나비가 멧노랑나비에게 다가간다

감각으로 사유하는 종(種)들이 잠들지 못하는 밤이네요 이곳엔 이제 어둠이란 것은 없어요 그럼 여긴 신약성서에서 약속하는 천국인가요? 실례지만 당신 날개에 있는 것은 제 모자입니다 빛은 어둠을 볼 수 없잖아요 빛은

환해질수록 짙어지는 어둠을……

검은 휘장이 걷히고 푸른줄무늬호랑나비가 나리꽃을 들고 나타났다 모두들 술잔을 던지며 환호성을 지른다 석물결나비의 날개에 크리스털 잔의 파편이 꽂힌다 스윙이 흐르고 폭죽이 터진다 한 . 잎 . 한 . 잎 . 꽃 . 잎 . 을 . 찢 . 어 . 날 . 리 . 며 . 사 . 뿐 . 히 . 계 . 단 . 을 . 내 . 려 . 오 . 는 . 그 . 녀 . 날개가 없다

냉장고의 심장

자주색 벽돌 다리를 지나면 호수가 나오지요 예, 예, 그 길로 직진하세요 호수가 보이나요? 호수에 머리를 감고 있는 버드나무가 보이지요 예, 우회전이에요 그 버드나무 앞에 주차하세요 차는 버드나무 앞에 세워두셔도 됩니다 아무도 견인해가지는 않아요 이제 다 왔네요 거기서부터 위로 백 미터예요 허공뿐이라고요? 예 맞아요 그곳이에요 허공에 손을 짚어보세요 뭔가 잡히지요? 그걸 잡고 올라오세요 예, 수직으로 백 미터면 꽤 되는 거리죠 사다리는 절대 끊어지지 않아요 똑바로 잡고 오른다면 말이죠 올라오는 중에는 절대로 밑을 내려다보지 마세요 해산한 여자처럼 머리를 풀어헤친 버드나무 같은 건 내려다보지 마세요 왜요? 무서우세요? 그럼, 냉장고의 심장을 얻는 일이 그렇게 쉬울 줄 알았어요? 애초에 생각을 말았어야지요 자주색 벽돌 다리는 건너지 말았어야지요. 저따위 고물 자동차가 그렇게 걱정되나요? 글쎄 아무도 견인해가지 않는다니까요? 삼십 년이라구요? 참 내, 답답하기는. 냉장고의 심장만 얻는다면 고물 차와의 삼십 년은 아무것도 아니에요 알고 있잖아요 벌써 십 미터는 올라오셨네요. 예, 그렇게 하면 돼요 예, 예 아주 잘하고 있어요 이제 당신이 냉장고의 심장을 욕망하게 된 계기를 말해보세요 아니, 아니 고물 자동차에 대한 애착은 이제 집어치우고요 욕망에 몰두하면 허공을 오르는 공포 따위는 없어질 거예요 그렇지요 아주 잘하고 있어요 땀이 난다고요? 축축해서 자꾸 미끄러지는 것 같다고요? 겁낼 것 없어요 착실히 위로 오르기만 하면 절대로 떨어질 일은 없으니까요 이 사다리에 오른 이상 다시는 내려갈 수 없어요 당신이 내려가려는 순간 사다리는 없어진답니다. 그 사실을 미리 말 안 했던가요? 이런 진행상에 뭔가 착오가 있었나보네요 죄송합니다 하지만 이젠 정말 어쩔 수 없어요 미련을 버리세요 알아요 잘 안 된다는 걸 당신이 이렇게 망설이고 있는 사이 누군가 또 자주색 벽돌 다리를 건너고 있을 거예요 오! 이런이런, 흔들리고 있군요!

인어횟집

#1

청과물상 방정식 임옥순 씨 부부가 일하러 나간 사이 아이들은 불놀이를 한다 지나가는 사람들의 발목만 보이는 창 하루에 삼십분밖에 볕이 들어오지 않는 방에서 아이들의 비명이 곰팡이 핀 제비꽃 무늬 벽지 속으로 스며든다 활활 타오르는 제비꽃 만발하던 일요일 저녁 스테이크 전문점에서는 소백산에서 사육된 안심 로스를 판다 광합성을 하게 된 한우는 충분한 햇빛과 맑은 공기 속에서 키운 것이 상등급 소뿔이 장식된 테이블에 분홍 소매와 남색 무릎을 가진 아이들을 데리고 온 김주만 하미란 씨 부부가 푸른 즙이 질컥거리는 스테이크를 씹는다 여보 다음주엔 당신 동창 모임이 있어요 어디서? 인어횟집이라는군요

#2

우리 업소에선 태평양 연안의 뱅크에서 잡힌 인어만을 취급하지요 인어의 하체엔 발톱 같은 비늘이 달려 있어서 회 치기에 여간 힘든 게 아니에요 비싼 칼날을 망쳐버리면 살길이 막막한 횟집의 요리사는 인어회를 시키는 사람들에게 붉은 장을 내놓으며 말한다 인어횟집만의 특별 서비스입니다 인어의 차가운 간을 녹여 만들었지요 사람들은 붉은 간을 간장에 풀며 시월혁명에 대한 얘기를 한다 너 어제 그거 봤어? 시월은 혁명하기 좋은 계절이라는데? YTV의 특별기획 다큐멘터리 이야기군 하긴

적그리스도가 태어나는 달도 시월이라더니, 왜 그는 오지 않는 거지! 고래힘줄 같은 넥타이를 풀며 인어회를 장에 찍어 먹는다 붉은 장이 입술가로 흘러내린다

#3

남은 인어의 상체는 어떻게 하나요? 냉동보관해서 블라디보스토크항으로 보냅니다. 남태평양의 인어 상체는 북극의 썰매 끄는 개들에게 아주 인기거든요 그런데 유통 회사는 어디를 거래하시죠? AMEX를 이용하지요 세계적으로 체인이 가장 많잖아요 아 그래요 저는 KOEX에 다니고 있습니다 주로 AMEX의 거래처를 뚫지요 물류비용이 AMEX의 반값입니다 아 대단히 민족주의적인 기업이군요 KOEX 직원의 미끌거리는 명함을 받는 요리사의 빨갛게 구멍난 웃음

애주가 i

i는 술병을 들고 테이블 위로 올라갔다 그가 든 술병엔 술이 없었다 술이 없는 술병이란 애주가를 종종 실연의 슬픔에 젖게 한다 i는 조금만 써도 똥이 나오는 0.7mm 모나미153볼펜이었다 그가 다니는 석세스컴퍼니에는 그와 같은 153볼펜들이 수두룩이 앉아 있었다 i의 회사는 사원 복지와 근무 환경 개선에 모범적인 직장으로 근로복지공단에서 AA 평가를 받은 업체였다 그래서 볼펜들은 오전 열시 반 오후 세시 반이면 사내 방송에서 틀어주는 모차르트의 〈터어키 행진곡〉에 맞추어 중간 체조를 해야 했다 볼펜들의 체조는 일종의 전위 무용 공연이었다 무용 공연이 끝나면 153볼펜들은 다시 얌전히 앉아 열심히 잉크 똥을 만들어야 했다 그러기를 반복반복반복 그가 술병을 들고 테이블 위로 올라가게 된 것도 무리가 아니었다

i는 애주가가 되기를 희망해본 적이 없다 그는 자신이 무언가를 사랑하게 되리라고도 예상하지 못했다 테이블 위의 i를 끌어내리려는 BAR의 e마담은 전직 회계 사무소 직원이었다 e마담은 i를 사랑했다 i는 늘 얌전했으므로 그녀가 애용하던 모나미153볼펜 같았으므로 그를 위로해줄 수 있는 이는 자신밖에 없었으므로 i를 사랑했다 e마담에게는 뭐든지 이유가 필요했다 이유 없는 지출은 연말 결산 신고에서 애를 먹였기 때문에 그런 버릇이 생긴 것이다 매달 열세번째 수요일 오후 다섯시면 그녀의

BAR가 있는 거리엔 비가 내렸다 비가 내리고 난 다음날이면 e마담은 어김없이 생리를 시작했다 그런데 그녀의 i에 대한 심적 지출은 이유가 분명치 않았다 i는 e마담의 손을 뿌리치며 옆 테이블로 건너갔다

i의 눈은 이미 맥주병의 뚜껑이었다 뚜껑처럼 찌그러졌고 뚜껑처럼 빛났다 i는 테이블 위에서 노래를 불렀다 i의 노래는 e마담을 슬프게 했다 그녀는 자신이 왜 슬픈지 몰랐다 그래서 더 슬펐다 i와 같이 온 동료들은 아까부터 마른안주 접시에 얌전히 누워 있었다 석세스컴퍼니에서와 같은 자세로 간혹 땅콩을 으스러지도록 끌어안고서. i는 술병을 들고 테이블에서 내려왔다 그리고 술이 없는 술병 속으로 들어가버렸다 i의 눈이 병 위에서 빛났다

미끄럼 타기 좋아하는 m

미끄럼 타기 좋아하는 m은 오늘도 늦잠을 잤다 늦잠을 자고 일어난 아침엔 양치질도 대충하고 아침밥도 거른 채 냄새나는 지하철에 몸을 실어야 한다 m이 타고 다니는 지하철은 지렁이 구멍보다 습하고 우울하다 도시의 어둠은 모두 그 지하철에서 나온다 그렇게 음습하고 침울한 교통수단을 만들어 이용해야 할 정도로 불쌍해진 사람들 틈에 끼여 16절로 접은 조간신문을 들고 있는 m. m보다 더 축 늘어진 어깨를 가진 다른 m들이 m이 보고 있는 조간을 함께 본다 누구 어깨가 더 처졌나 내기들을 하고 있는 듯 m은 서서도 잘 잔다 깜박깜빡. 그래도 자신이 내려야 할 곳에선 정확하게 내린다 미끄럼 타기 좋아하는 m은 오늘도 또 지각이다 아직 반쯤밖에 떠지지 않은 눈을 하고 사무실 책상 앞에 앉는다 노트북을 연다 바탕화면에 남국의 아가씨가 활짝 웃으며 맞아준다 그때까지도 미끄럼 타기 좋아하는 m은 잠이 덜 깼다 팀장의 잔소리가 날아온다 팀장의 잔소리에 반쯤 감은 눈이 활짝 떠진다 모니터의 남국 아가씨는 여전히 웃고 있다 미끄럼 타기 좋아하는 m은 아가씨와 함께 물 미끄럼을 타고 내려가고 있다 미끄럼의 끝은 어디인가 계속 내려가는 m. 아가씨는 사라지고 m은 계속 미끄럼을 탄다 어릴 적 다니던 초등학교 운동장이다 운동장엔 금빛 모래가 깔려 있다 금빛 모래밭을 뒹굴며 놀다 미끄럼 계단을 오르는 m. 무릎이 까져 붉은 핏방울이 방울방울하다 모래가 묻어 반짝거리는 핏방울. 미끄럼 타기 좋아하는 m은 집에

가면 엄마한테 혼난다

캔디바를 물고 있는 폭풍 속의 하록 선장

하록이 키를 꺾었을 때
50미터 해일이 그의 배 아르카디아를 삼키기 위해 다가오고 있었다

더이상의 전쟁은 없는 시대
살육은 이제 스크린에서 튀어나와
현실의 거리에서 활보한다
귓전엔 프로그레시브락커
겟다펔아웃겟다헬
아무도 지옥 같은 걸 모르는데
겟다펔아웃, 겟다헬

눅눅해진 팝콘을 씹으며
스포츠신문의 '오늘의 운세'를 본다
물가에 가지 마세요 실족할 수 있습니다
70mm 스크린에는 3천만 톤의 물을 뒤집어쓰고
원양어선의 선장이 분투하고 있고
영화관 밖에는 비가 내린다
빗속에 묶여 집엘 갈 수 없는데
귓전엔 여전히 프로그레시브락커 겟다펔아웃……

해일 속에서 아르카디아를 구한 애꾸눈 하록은
녹아 흐르는 하늘색 캔디바의 단물을 쭉 빤다

고전적인 펑키 스타일의 거울

I

어느날바다를돌보던싸이렌이몰려와언덕위작은거울에대고소리를지릅니다깜깜한거울안에살고있던미희들이투명한물고기가되어가뭄이한창인세상에떨어집니다놀란물고기들은더멀리날아가떨어집니다

II

출근하는사람들은앞니에동그란거울을하나씩달고나갑니다주차장앞에서203호사람과204호사람이만납니다안·녕·하·세·요입을벌릴때마다인사대신서로의앞니에비친자신들의얼굴을주고받습니다혼자차안에앉은사람들은대부분계약노동자들입니다그들은오늘의일과를떠올리며FM라디오의주파수를맞춥니다물고기의주검이쌓이면서거리가젖어들고있습니다음악에맞추어앞유리에떨어진물고기를와이퍼로밀어냅니다

III

편의점입구에서미희들이스팽글이달린스타킹을신고깔깔대며나옵니다죽은화산이터지고핵폭탄이터진다해도절대로놀라지않을아가씨들이언덕위거울속으로들어갑니다서둘러야합니다거울이깨지면들어갈수없습니다

정전중인 지구에 화성인들이 방문하면

큐브스내셔널마스그래픽스(Cubes National Mars Graphics)에서 전갈이 왔다 자전과 공전을 동시에 하는 주사위 속에서 악몽을 꾸고 일어난 정오 바깥은 비가 올 것처럼 깜깜하다 어항 속은 고요하고 아침 뉴스를 하던 TV는 정오 뉴스를 하고 있다 냉장고에서 막 꺼낸 서울우유 삼각 폴리팩의 커피 우유를 마신다 빈속에 생화학 작용이 일어난다 물고기들이 흔적도 없이 사라진다 작용하는 것들이 잠시 정전된다 자전만 하는 주사위 속에서는 있을 수 없는 일이다 공전만 하는 주사위 속에서도 있을 수 없는 일이다 주사위와 주사위들 간에 정전협정이 맺어진다 작용과 반작용의 반복 사라진 물고기들은 어디로 갔죠? 왜 오전에는 악몽만 꾸게 되지요? 정오 뉴스를 하던 TV는 저녁 뉴스를 하고 있다 CNMG에서 보낸 화성인들이 도착했다는 소식을 보도하고 있다 정전중인 지구에 화성인들이 도착하자 사라진 물고기들의 무덤이 하수구에서 발견된다 지구엔 커피 맛 우유의 비가 내린다

쿼바디스; 날치알은 왜 날지 못하는가

공중파 방송의 가장 선정적인 프로그램인 아홉시 뉴스가 방영되는 시간; 지구의 북반구 어느 반도에 사는 아줌마는 마늘을 까기 시작했다 지구의 가장 적나라한 부분을 후벼서 통조림으로 만들어 파는 자들에 대한 테러 공격이 감행되던 날이었다 테러리스트들이 보내온 비디오 필름을 연속해서 보여주며 뉴스는 높은 시청률을 올리고 있는데 때마침 퇴근하여 들어오는 남편; 여보 오늘은 갈치가 아주 싱싱해 늘 상한 갈치들에게 린치를 당하고 들어오는 남편이 다리를 벌린 채 마늘을 까고 있는 마누라를 보며 흥분하여 말했다 싱싱한 갈치라고 다를 게 뭐 있겠어요? 어차피 마늘을 넣고 조리면 그 은빛은 죽고 말텐데; 갈치들이 미쳐 날뛰는 먼바다에서 조업중이던 어부들이 바닷속으로 가라앉는 태양을 보며 외쳤다 주여! 어디로 가시나이까?; 주님이 어디로 가거나 말거나 북반구 어느 반도에 사는 아줌마는 퇴근한 남편을 두고도 은근히 마늘만 까고 있는데; 당신 양말은 왜 매일 뒤집어 신고 다니는 거예요! 뒤집어진 남편의 양말에 대한 은유가 무엇인지 알지 못한 채 지구의 북반구 어느 반도에 사는 아줌마는 여전히 마늘만 깐다 혼자 날치알이 얹힌 김초밥을 저녁으로 먹고 들어온 남편; 그런데 날치알은 왜 날지 못하는 거지?

피터래빗 저격사건
— 목격자

그날 밤 달은 딸깃빛이었고 구름은 없었어요 달 주위로 파르스름한 달무리가 졌고 멀리서 개 짖는 소리가 들렸어요 하지만 황구인지 백구인지는 모르죠 젖은 풀밭엔 여치가 울고 있었고요 그는 파란 벨벳 조끼에 장식 없는 가죽신을 신고 있었는데요 벨벳 조끼엔 세 개의 주머니가 있었죠 한 개의 주머니엔 회중시계가 들어 있었고 다른 한 개의 주머니엔 동그란 보안경이 꽂혀 있었고 나머지 주머니엔 담배가 들어 있었죠 소지품들이 각각 제자리에 언제나 들어 있는 것처럼 그는 익숙한 동작으로 시계를 보고 안경을 꺼내어 쓰고 담배를 물었어요 그 일련의 움직임들은 백년쯤 반복된 습관처럼 바라보는 나조차 하나의 박물관 붙박이 신발장처럼 만들어버렸어요 그가 "아직 돌아오지 않았지?"라고 처음 말을 떼었을 때 나는 할말이 없었어요 그는 시계를 꺼내어 내게 보여주었는데 9시 53분이었어요 그것이 뭘 의미하는지 몰라 어리둥절해하자 그는 그의 안경을 나에게 씌워주고 다시 한번 시계를 보여주었죠 그러자 그의 시계는 9시 50분을 향해 가고 있었지요 아직 돌아오지 않은 시간의 안부를 묻는 그와 박하향의 담배를 나누어 피우곤 우린 곧 헤어졌어요 바람이 방향을 바꾸어 나의 머리를 흐트러트리며 지나갈 때 내 발엔 여치가 밟혀 죽어가고 있었어요 죽은 여치는 더이상 울지 않았고 달무리 진 보름달이 밤하늘에 총구처럼 놓여 있었죠

피터래빗 저격사건

— 저격수

전화가 걸려왔을 때 나는 마지막으로 남은 팝콘을 막 전자레인지에 넣어 돌리고 있었습니다 딱딱한 옥수수알이 굉장한 폭발음을 내며 터지고 있을 때 알래스카의 빙벽이 녹아 흐르는 듯한 목소리가 전화선을 타고 내 귀로 흘러들었습니다 그러자 버터 냄새로 가득 채워졌던 내 방이 어느새 툰드라의 숲처럼 차갑고 눅눅히 젖기 시작했습니다 수화기를 내려놓고 형체를 알 수 없게 되어버린 옥수수 시체는 쓰레기통에 쏟아버리고 대신에 '거인'이란 이름의 캔을 땄습니다 젖은 옥수수 알갱이들을 밥숟가락으로 퍼먹으며 그렇다면 과연 이 일엔 어떤 총기가 어울릴 것인가 생각했습니다 그리고 내가 가진 총기들을 하나하나 떠올려보았습니다 하지만 썩 마땅한 것이 없었습니다 이 일은 산 채로 죽어 있는 것들, 더이상 이어갈 생은 없지만 두고두고 살아야 하는 것들에 대한 묵념 같은 것이어야 합니다 그래서 피스톨에 숨겨져 있다가 팝콘 터지듯 아무 생각 없이 터져나가는 탄환은 어울리지 않습니다 아기 발가락같이 통통한 옥수수알이 입안에서 터지고 있을 때 캔 포장의 푸른 거인이 손을 들어 가리켰습니다 창밖으로 서서히 달이 차오르는 것이었습니다

피터래빗 저격사건

— 의뢰인

나에겐 고향이 없지 고향을 잃어버린 것도, 잊은 것도 아닌, 그냥 없을 뿐이야 그를 만난 건 내가 Time Seller Inc.라는 회사에서 일할 때였지 그곳은 시간이 없는 자들에게 시간을 파는 일을 해 그것은 불법이지 그곳의 시간들은 대부분 훔친 것들이거든 나는 시간의 장물을 관리하는 일을 맡고 있었지 어느 날 그가 자신의 시간을 사줄 수 없겠냐고 문의를 해왔어 그는 오자마자 고향 이야기를 꺼냈어 그의 고향은 남쪽의 바닷가 마을이었는데 고향에서 지내던 어린 시절의 시간을 팔고 싶다고 했어 들어보니 사줄 가치도 없는 흔해빠진 시간을 들고 와선 아주 비싼 가격을 부르더군 그는 벨벳 정장 차림에 고급 안경을 끼고 있었는데 먼 곳을 바라보는 사람처럼 눈동자가 깊었어 그냥 돌려보내려다가 그런 시간 한 개쯤 사두어도 괜찮을 것 같았지 혹시 팔리지 않는다면 내가 써볼 생각이었지 그래서 그의 시간을 헐값에 샀어 아무도 사가지 않은 그의 시간을 쓰겠다고 한 순간부터 이상한 일들이 벌어졌지 밤이면 잠을 이루지 못하고 신호등을 기다리다가도 깜박깜박 잠이 들었어 끝내는 눈을 뜨고 꿈을 꾸며 걷게 되었지 꿈꾸며 걷는 길가엔 은갈치떼가 몰려다니고 해초들이 발목을 감싸서 걸을 수가 없었지 나는 예전의 고향 없는 내가 그리워졌어 그때의 평화로움은 다시는 나를 찾아와주질 않았지 구입한 시간은 되팔 수 없었어 그것이 이 일의 룰이거든 그를 찾으면 꼭 보름의 달무리 진 풀밭으로 데려가야 해 그가 판 유년의 시간

에서 가장 아름다운 곳 그곳에서 부탁해

레몬소다와 담배의 심각성에 관한 시

튤립을 파종중이었다 수백만 마리 나비떼의 습격을 받았다 습격을 피해 레몬소다 나무 아래 급히 피신하였다 1824년도에도 튤립의 파종 시기에 구름처럼 몰려다니는 나비떼의 기록이 남아 있다 180년 만의 습격이다 각양각색의 나비들이 구름처럼 지나간 자리엔 나비들의 날개가루가 내렸다 올해 튤립 농사는 엉망이 될 것이다 떨어진 나비 가루에 심통 난 튤립들이 꽃을 제대로 피울까? 아름다운 폐허로 변한 꽃밭을 바라보며 엽궐련을 피워 물었다 어린 아내는 레몬소다 나무에서 레몬소다를 한 병 땄다 그윽히 엽궐련을 피우며, 톡 쏘는 레몬소다를 마시며 우리는 조용했다 지극히 평화로웠다 튤립밭에 레몬소다 나무 심기를 잘했다고 생각했다

나비떼의 습격에 대해서는 방송에서도 알려주지 못했다 180년 만의 돌연한 방문에 속수무책이었다 전 세계의 매스컴들이 저마다 특종으로 나비떼의 습격을 보도했다 그들이 지나간 아름다운 폐허에 특파원들이 득시글거렸다 그들이 어떻게 발생했으며 어떻게 사라지는지 아무도 알지 못했다 할 일 없는 학자들은 1824년 나비떼 습격과 2004년 나비떼 습격의 차이를 심층 분석하였다 하지만 분석하여봤자 나비들의 심중은 알 길이 없었다 어떤 시인이 나비떼를 몰아 모르는 곳으로 이동시킬 주술을 알고 있다고 발표했다 그는 하멜른의 피리 부는 사나이처럼 나비들을 모두 불러모아 강물에 빠트릴 수도 있다고 말했다 아무도 그 말을 믿지 않았다 지구는 점점 나비떼

의 흔적으로 폐허가 되어가고 있었다 전후의 폐허보다 심각한 것은 나비가 지나간 지역의 사람들이 담배를 피우거나 레몬소다를 마시는 일 외엔 아무것도 하지 않기 때문이다 위정자들은 정치를 할 수 없었다 아무도 선거를 하지 않았고 경제를 살리는 일에는 관심이 없었다 못생긴 위정자들은 시민들이 모두 담배와 레몬소다의 환각에 빠져버리면 어쩌나 고민했다 그러다 결국에는 시인의 말에 주목하기 시작했다 여기저기 토크쇼 프로그램에서는 시인을 게스트로 출연시키려고 난리들이었다 〈그것이 알고 싶다〉 담당 PD는 나비를 몰아 사라져버리게 할 수 있다는 시인을 극비리에 만나 시인의 신통력에 관한 우스꽝스러운 프로그램을 제작중이었다 급기야 시인은 댓잎으로 만든 피리를 방송국으로 들고 나왔다 시인은 피리라고 했지만 그것은 피리가 아니었다 피리가 아닌 시인의 피리 소리가 전파를 타고 멀리멀리 퍼져나갔다

에버뉴 b

— 잘못 심긴 그와 그의 아내

그는 담배밭 이랑 사이에 심긴 레몬소다 나무에서 레몬소다 한 병을 따서 홀짝거렸다 와인밭에 와인 한 병 따오겠다고 들어간 아내는 맘에 드는 술병을 아직 못 땄는지 나오질 않는다 좀전에 어느 중늙은이가 와인밭에 와인을 따러 들어갔는데 그는 문득 어린 아내가 궁금하여 마시던 레몬소다를 던져버리고 와인밭으로 들어간다 역시 그 중늙은이가 그의 어린 아내에게 수작을 부리는 것이었다 그는 레몬소다의 힘을 빌려 그 중늙은이를 사정없이 가격했다 픽, 쓰러지는 늙은이 와인밭에 와인색 선혈이 번진다 그는 어린 아내의 손을 끌고 와인밭을 나온다 어린 아내는 파랗게 질려 있고 그는 담배밭에서 따온 '레종' 한 개비에 불을 붙여 아내에게 준다

아주 소량의 산소만으로도 충분히 생활이 가능한 그들이 '에버뉴 b'에 심긴 것만으로도 세상엔 어처구니없는 일이 비일비재하다는 것을 알 수 있다

에버뉴 b

— 주유소의 개

에버뉴 b에는 급성인후염을 앓고 있는 개 한 마리가 주유소에 산다 급성인후염이라 여간해선 짖지 않는다 주유소에는 두바이산 고급 휘발유를 넣는 세단과 시커먼 매연만 듬뿍 내뿜는 경유를 넣어야만 하는 고물 지프와 꽃기름을 넣어 달리는 앞바퀴가 큰 오토바이가 온다 꽃기름 주유는 비공개 주유라 각종 세단과 툴툴거리는 디젤 차들은 그 존재 자체도 모른다 급성인후염인 개는 목이 아파 요즘 금연중인데 가끔 GPS까지 풀 옵션으로 단 세단이 개집의 금을 밟을 때는 사정없이 짖어댄다 개집의 금은 졸린 오후, 어슬렁 집에서 나와 기지개할 장소를 정확히 알려주는 일자형 금이다 5년 전, 오토바이를 타고 꽃기름을 주유하러 온 소년이 은색 라카 스프레이로 칠해준 것이다 소년은 이제 군 입대를 하였거나 재수생일 테지만 에버뉴 b의 주유소 개집 은색 라카 스프레이 금은 여전히 은색으로 빛난다 그만큼 급성인후염인 주유소 개가 관리를 잘했다는 뜻이다 어쩌면 주유소 개는 소년을 사랑했던 건지 모른다 사랑은 가끔 존재를 미치게 하여 엉뚱한 짓거리를 하게 만들므로 그 덕에 고급 세단의 주인은 미친 개에게 물릴 뻔한 주유소를 다신 찾지 않을 테지만, 에버뉴 b의 주유소에 실질적 수입은 꽃기름 주유라는 것을 그들은 알지 못하므로 상관없는 일이다

Somewhere Over the Rainbow!

— 출가(出家)

캔자스 외딴 시골집에서 조용히 잠을 자고 있는데, 누군가가 토닥토닥 워드 쳐대는 소리에 잠을 깼다. 집에는 아무도 없고 도로시는 토토를 안고 집을 나선다. 현관문을 닫자 집은 먼지가 되어 쓰러진다. 도대체 아저씨 아줌마는 어디로?

네온램프로 장식된 'club Rainbow' 앞에서 토토가 도로시의 구두에 흰 거품을 토하며 쓰러진다. 도로시는 아픈 토토를 안고 따뜻할 것 같은 네온램프의 'R'을 만진다. 손끝에 전해오는 드라이아이스 같은 차가움 때문에 도로시는 소스라친다. 음악에 맞추어 헤드뱅잉을 하는 소년들, 긴 의자에 앉아 맥주를 마시는 소녀들. 아무도 나에게 말 붙이지 마!라는 표정들이다. 공연을 마친 'club Rainbow'의 전속 밴드 베이스 연주자가 무대에서 내려온다. 기타의 코드를 뽑고 있는 그에게 도로시가 다가간다. 이곳에서 나가는 문은 어디 있나요? 토토는 도로시 품에서 헥헥거리고 있다. 문이라고? 이곳엔 문이 없어. 지금, 여기를 즐기는 것뿐. 나의 토토는 죽어가고 있는데 지금, 여기를 즐기라니. 도로시의 눈물방울이 베이스 기타에 쓰여진 'club Rainbow'의 'c'에 떨어진다. 'c'가 도로시의 눈물방울로 볼록해져 'C'로 변하자 주위는 꽁꽁 언 겨울의 오피스타운이다. 목도리를 한껏 추켜올리고 퇴근하는 사람들, 적당한 피곤으로 절이고 알맞은 고통으로 간을 한 참치 캔 같은 얼굴들을 달고 총총히 사라진다. 그들의 등뒤로 ‘club Rainbow’의 공연 안내장이 바람에 나부끼고 있다.

Somewhere Over the Rainbow!

—방

네이버 지식검색에서 찾아봐. 엠파스 지식공작소도 괜찮지. 먼저 토토의 증상을 살피는 게 좋겠네. 토토의 증상. 흰 거품을 토하며 축 늘어져 있다, 열이 난다, 음식을 입에 대지 않는다, 심장사상충을 의심해볼 수 있겠군. 이 상태론 캔자스까지 갈 수 없을 텐데. 소년이 말한다. 토토를 병원에 데려가고 캔자스로 가는 비행기표를 사려면 돈이 있어야 하는데. 검색창에 '조건 만남'이라고 쳐봐. 도로시가 어떻게 해서 캔자스를 떠났는지, 도로시가 만난 동쪽 마녀와 구두, 신경질쟁이 허수아비와, 겁쟁이 사자, 심장이 없는 깡통나무꾼. 그리고 허풍쟁이 오즈의 마법사 프로필까지. 모니터에는 다 나와 있다. 인터넷 지식검색은 이미 도로시의 미래를 가르쳐주었지만 지금 당장 열이 나고 기침을 해대는 토토를 어떻게 해야 하는지는 가르쳐주지 않는다. 모니터가 가르쳐주는 대로라면 서쪽나라 마녀를 물리쳐야 하는데, 캔자스 집은 이미 먼지가 되어 사라졌다. 마녀를 깔아뭉갤 무기가 없는 도로시는 쭈그리고 앉아 레게 머리를 땋은 소년의 담배를 얻어 피운다.

UN성냥

고양이가 테이블 위의 성냥갑을 밟고 지나간다.

빌딩 난간 위에서 사람들은 성냥개비가 되어 떨어져내린다. 유황을 바른 붉은 머리, 몸은 얇은 사각의 나무 막대가 되어 떨어진다. 도시는 이제 한 개비의 성냥도 받아주기 힘든 상황이다. 이 도시엔 어제도 내일도 없고 아기를 키우는 공포와 질긴 목숨을 연명하는 일만 남았다. 성냥개비로 변하며 떨어지는 사람들의 눈에선 성탄 케이크에 꽂힌 초의 촛농 같은 눈물이 흐른다. 눈물은 떨어져내리기도 전에 볼 위에서 굳어간다. 성냥개비 사람들이 아스팔트를 들이받으며 머리통에 불이 붙는다. 제대로 변신하지 못한 낙상자(落傷者)들의 시체와 점화되지 못하고 부러진 성냥개비가 거리에 쌓여간다. 이 도시에서는 이제 젖먹이를 가진 여자들만이 간절하다. 질긴 목숨을 연명하던 남자들은 넥타이로 목을 매거나 사우나실에서 죽어가고, 방송국에선 먼지 낀 마그네틱테이프에 담긴 캐럴을 송출하고 있다. 지그지그,징글,징글,징글벨 캐럴이 타오른다.

마감 뉴스

식은죽같이고요한포장도로위로앰뷸런스한대가미끄러져간다

아마존 밀림에 혹한이 들이닥쳤다고 합니다 눈과 얼음의 정글을 보기 위해 오리털 파카를 입은 관광객들이 몰린다고 합니다 오리털 수출로 오리 농장이 때 아닌 특수를 누린다고 합니다

B-19블럭의포테이토칩같은어둠을짓밟으며고양이가걷고있다

다음 소식입니다 불면증 환자의 특효약인 백야의 햇살을 더이상 구할 수 없게 됐다는 보도입니다 그린란드에 나가 있는 특파원을 연결해보겠습니다 김 기자,

일식집앞에세워둔구청허가쓰레기봉투가난자당한시체처럼누워있다빙하기가도래한다해도사람들은아침이면문앞에쓰레기봉투를내놓을것이다

네 여기는 그린란듭니다 이제 이곳에선 백야 현상이 일어나지 않는다고 합니다 그린란드의 깜깜한 밤은 땅끝 마을의 굴뚝과 같습니다

앰뷸런스의경고등이깨져뒹구는거리비축해둔햇살도얼마남지않았다

남태평양 사모아섬 부근에는 별들이 떨어져 바닷물이 차가워지고 있다는 소식도 들어와 있습니다 스튜디오에 지구환경 전문가 한 분을 모셨습니다 현재 지구촌의 이변에 대해 어떻게 생각하십니까

추운방의사람들이커튼을내리고모아둔화석들을꺼내어난

방기를돌린다

뜨거운 바다에 뛰어드는 별들은 8백여 년 전 지구에서 쏘아올린 쓰레기들입니다 지구는 다시 매머드가 멸종하기 직전의 빙하기로 돌입하고 있습니다

터진쓰레기봉투같은화면속에눈이없는쥐들이죽어있다

잠들지 못하는 사람들이 하얀 밤의 햇살을 너무 낭비했습니다 햇살 에너지도 수년 내로 고갈될 것입니다

꺼진램프같은눈으로사람들은너무오래살아왔다

심해 해류의 변동으로 대륙들은 점점 가라앉고 있습니다 남극의 거대 빙하들이 녹아내리고 있다는 사실은 이제 새삼스러운 일도 아니지요 대체에너지 개발과 우주식민지 개발을 시작하면서부터 이미 예견된 일입니다 연방정부는 이에,

텔레비전의전원이꺼지고모통이로구겨진어둠이뒷발을거둬간다회색쥐의털같은눈이날린다

문학동네포에지 009

피터래빗 저격사건

초판 인쇄 2020년 11월 11일
초판 발행 2020년 11월 22일

지은이—유형진
책임편집—김민정
편집—유성원 김필균 김동휘 송원경
디자인—이기준
마케팅—정민호 최원석
홍보—김희숙 김상만 지문희 김현지
제작—강신은 김동욱 임현식
제작처—영신사

펴낸곳—(주)문학동네
펴낸이—염현숙
출판등록—1993년 10월 22일 제406-2003-000045호
주소—10881 경기도 파주시 회동길 210
전자우편—editor@munhak.com
대표전화—031-955-8888 / 팩스—031-955-8855
문의전화—031-955-3576(마케팅), 031-955-8865(편집)
문학동네카페—cafe.naver.com/mhdn
트위터—@munhakdongne
북클럽문학동네—bookclubmunhak.com

ISBN 978-89-546-7049-4 03810

—이 도서의 국립중앙도서관 출판예정도서목록(CIP)은 서지정보유통지원시스템 홈페이지(seoji.nl.go.kr)와 국가자료종합목록 구축시스템(kolis-net.nl.go.kr)에서 이용하실 수 있습니다.
(CIP 제어번호 : 2020040746)
—잘못된 책은 구입하신 서점에서 교환해드립니다.
기타 교환 문의 : 031-955-2661, 3580

www.munhak.com

문학동네